bruno couto

Durante a infância, Bruno Couto ganhou uma competição de quem fica mais tempo embaixo d'água. Frequentemente, pensa em maneiras de como ser convidado para próxima farofa da Gkay. Bruno acredita que, apesar de dizerem que muitos vão te amar pelo acúmulo de títulos que a universidade pode oferecer, ele está mesmo interessado em despropósitos. Com o mesmo afinco de quem procura vídeos de espinhas sendo espremidas no YouTube, Bruno busca sequências de vídeos de macacos puxando cabelos de turistas, pois quando se é carioca, seu riso começa em dar doce de São Cosme e Damião pra evangélico.

AMARRAÇÃO DE AMOR:
Pagamentos após resultados

bruno couto

editora Urutau
primeira edição
2022

○ —

editora Urutau

avenida peirao besada, 6 – 2D
36163 poio-pontevedra
(espanha)

rua cajus, 478
jardim das cerejeiras, cotia — sp
brasil
06724-015

[+55] 11 94859 2426 [brasil]
[+34] 644 951 354 [galiza]

www.editoraurutau.com.br
contato@editoraurutau.com.br

[EDITORA]
debora ribeiro rendelli
[REVISÃO]
marcella sarubi
[PROJETO GRÁFICO]
wladimir vaz
[COORDENAÇÃO GRÁFICA]
tiago fabris rendelli
[DIAGRAMAÇÃO]
victor h. azevedo
[CAPA]
victor h. azevedo, sobre fotografia de wilhelm von gloeden

dados internacionais de catalogação na publicação (CIP) de acordo com ISBD

couto, bruno
C871a amarração de amor: pagamentos após resultados / bruno couto. — cotia : urutau, 2022. 92 p. ; 14cm x 19,5cm.

ISBN 978-65-5900-290-0

1. literatura brasileira. 2. poesia. I. título.

CDD 869.1
2022-1738 CDU 821.134.3(81)-1

elaborado por odilio hilario moreira junior - CRB-8/9949

sumário

*

*   *

[apresentação]

Uma bicha é vítima do amor e arrogante com quem pode. A essência de todas as relações, assim como a deste livro, é expressar quantas vezes se ama, se fantasia ou se acredita construir um elo emocional com alguém que nos proporcionaria, na figura do ente amado, confiança para lidar com qualquer um dos seus percalços. Embarcar na megalomania espiritual, no desespero de transferência e na solidão entre dois atos: sono e vigília.

A impulsividade de amar ao ponto de acreditar que é possível manter alguém a qualquer custo — como no caso de uma gestação para realizar uma amarração de amor — com um único objetivo de estreitar uma força desconhecida que rege uma relação amorosa. Logo, não é um sentimento específico de quem nasce com um útero, ou quem se identifica como mulher. Pois há um sentimento coletivo muito comum entre aqueles que estão a todo tempo buscando maneiras de construir elos significativos com outras pessoas.

Algumas vezes, produzimos tanta expectativa e um esforço surreal para prender uma pessoa ao nosso lado que não é possível enxergar o quão humilhante é estar apaixonado. É, de fato, horrível perceber que por todas as brigas, por todos os excessos, por todas as provas e singelos sinais de que aquela relação não tinha como dar certo, o sujeito enamorado insiste na ilusão de que aquilo é a solução para sua felicidade. É claro que, por inocência de ter um filho temporão, não se desfruta da maior felicidade da vida, que arrisco afirmar — ao acompanhar o crescimento de meus sobrinhos — ser as mudanças nas prioridades individuais dessas vidas em formação.

Uns catimbós, para conhecimento gerais, são elaborados de maneira simples ou até mais complexas, tanto de modo simples, por pensamento que se prende a uma ilusão de relacionamento, quanto por sangue envolvendo animais. Uma amarração é um ato desesperado por carinho, uma espécie de afeto de consequências imprevisíveis, não pensadas quando o foco é ser feliz ao lado de quem desejamos fantasiar venturas.

Há quem diga que a existência humana se divide em dois planos — o material e o astral —, e quando o assunto envolve os sentimentos humanos, é fácil escutar que o plano astral rege todos os nossos sentimentos e psiques. Uma amarração é uma sentença astral de duas pessoas presas no plano material, construída por diversas formas e motivada por tantas outras, seja pelo interesse financeiro ao sentimento de posse. Sendo assim, o que resta aos envolvidos são doses de abusos emocionais constantes, de desejo doentio, ciúmes e o elo pesado de correntes ruidosas que se arrastam gerando desconforto.

A paixão nos faz eternos, é capaz de estimular grandes atos homéricos tão grandiosos que tornam nosso nome presente na história. Mas a paixão aqui, neste livro, está presente na sensibilização do comum, no detalhe banal que passa todos os dias desapercebido. Apesar de visível a olho nu, o comum nunca é lembrado ou enaltecido. Mas para se amar de verdade é preciso estar atento aos presentes insignificantes de datas não comemorativas, saber enxergar o outro na própria rotina, no corte de gastos para uma viagem de casal ou na contenção financeira no desemprego do outro.

Às vezes, o amor é uma redenção, outras vezes, a ruína dos desesperados. O que resta aos últimos citados senão o fracasso de manter em uma pessoa, um monumento, a respeito da maior resposta sobre si: "Quem sou eu?"; a amargura ou a confusa vontade de ser amado? Por todas essas questões, os poemas reunidos neste livro são vozes em angústia que acorrentam fantasmas, uma gestação em intenção de salvar o que não pode ser salvo. Uma presença indesejada. Uma impaciência ao que nunca foi desejado do outro.

Portanto, não cabe avaliar se é ou não um ato de desespero recorrer a algum tipo de alternativa espiritual para lidar com o que não palpamos. Posto que amar é não se intimidar ao ridículo, é a impulsividade que brota na esperança de que o amor nos salve de sermos quem somos, da dor de existir, do fracasso que persiste na alimentação do luto. Mesmo que, para isso, surjam outras cobranças que transitem no valor a ser pago por determinado objeto de desejo, que lealda em marca de oralidade o registro dos praticantes. Mas para esta reunião de poemas e para alguns enamorados, pouco importa o valor a ser pago, a tal ponto de não ser algo significativo ou digno de nota, além deste simples apontamento (amar até as últimas consequências, confessar que se tem falta). Portanto, o amor é a referência de tudo que se repete ao notar a dor.

O Autor

Suave coisa nenhuma.

SECOS & MOLHADOS, *“amar”*

a jornada do herói

Há uma coisa em mim
que desde os seis anos

sabia que fazia o mundo
se voltar contra mim.

É assim que vamos
introjetando a vergonha de si

(a vergonha de ser)
o menino monstro

que não comia merenda.
— Uma bicha estranha, diziam

que antes de fazer a passagem
da vergonha para o orgulho,

fez germinar a sua semente
num copo de plástico com algodão.

Buscando por corpos embaralhados
em famílias que nos escondem

encontros de forma clandestina (sem mostrar a cara),
redes virtuais de afeto, de apoio, de amor

minha gente se perde no caminho
por violência, por perderem seus reflexos,

suas sombras, seu bafo no vidro e por se perderem
de si entre tanta gente. Nosso carimbo,

arbitrariedade divina, obstáculo que nos constrói,
dor que nos tira do grande rebanho.

Me fez sentir muita culpa,
acreditei que fosse uma escolha

fazer a todos chorar
descobri tarde, não estive
atento

que é preciso conectar
a ancestralidade à terra,

pôr as mãos na lama
limpar o sangue do corpo

deixar o cabelo crescer
sentir toda espiritualidade pagã fluir.

Eu aceito o sofrimento
das minhas outras vidas

meu remendo, minha emenda.
Meu retalho transgeracional

me faz rezar para as quatro
almas de Fernando Pessoa

(envolta da minha árvore)
retomar nossos rituais da lua,

aprendo a completar em pajubá
um resgate por anamnese

para usar a nossa língua
como projeção máxima de força

de todos os ancestrais silenciados
que nos libertará de monitorar a roupa,

o jeito de falar, de caminhar, de agir.
Não desejar tempo pra Deus

construir com a mitologia negra
o fim do império do homem

branco hetero cristão.
Cuspir como repúdio a morte

dessa doença profilática que
corrói simbologia, mas que resgata

um tempo de ancestrais
que energiza, revigora.

Te ressignifico. Homem, estou cheio de ritos
(há vários tons para uma mesma palavra),

mas não esqueço meus prantos.
Tudo que conheço me engana,

mas transcenderei todas as fronteiras religiosas
do topo da minha figueira das lágrimas

para questionar quem nos ensinou
a ter vergonha da voz? Dos trejeitos?

Quem te ensinou a odiar o que você vê de si
em corpos transviados?

Reviro meus deuses,
imagino para completar:

— Oh, pai, transformai as velhas formas do viver
reconstrói a empatia religiosa que falta

sobre meu corpo LGBTQI+
(sofrer era mais fácil)

O Deus que começou em mim
estou libertando.

Estou sentindo as ondas baterem
a teus pés.

encantamento

Quando te conheci, você me acalmou
com um áudio da Marisa Monte
cantando num disco
de escola de samba da Portela.

Eu ouvi sem parar
como uma vitrola ou
uma caixinha de música daquelas que uma bailarina rodopia
com a mesma melodia uniforme.

Eu não sabia
que existia forças maiores
que a presença física.

*

Desde que parei de caber no balde
que tento caber na vida.

*

Queria escrever um poema
sobre o lilás e o rosa
de uma nebulosa,
além do brilho distante de todos
os corpos celestes no negrume universal.
Falar do grande e do pequeno gesto
do gato que abre e fecha as almofadinhas
de sua pata para detalhar
cada segundo que meu cosmo
deixou de ser caos em sua presença.
Ter a presunção de te explicar
os movimentos aspirais
de um tronco de árvore,
dar conta de todas as flores feias.
Eu não queria apelar, nem invocar
do negrume de distintas formas
de vida moleculares, mas
divago para dizer:

— Quem ama tenta.

*

Sempre admirei transformações, metamorfoses
e acompanhei atentamente diversos;
um dia de princesa
com Netinho de Paula.

*

Eu gostaria de começar um poema com a frase: eu tenho um amigo que vê o futuro com técnicas de magia negra. Para assim tentar explicar o olhar de espanto e as pitadas de algo que não sei definir ainda na face da minha terapeuta (quando perguntado o porquê de querer iniciar a terapia). Isto é, eu percebi que tinha muito a dizer e pensei que fosse um sinal. Meus problemas de bicha não envolvem apenas a Lady Gaga.

ciúmes

Tenho ciúmes desse WhatsApp que você confere
tão distraidamente.

Janeiro/2014

viado de máscara

Usar máscara é coisa de viado,
admirar diva pop também é.
Rejeição familiar, incentivar o turismo.
Cuspir no Bolsonaro também.
Se sujeitar a relações duvidosas.
Não ter o direito de amar na adolescência.

É coisa de viado chorar ouvindo Roberto Carlos e Fresno também.
Ser discreto, fora do meio, abrir uma ação no ministério público
para exibir num programa (sem conteúdo) cenas de sexo com o ex.
Estimular seu ponto G! Coisa de viado, isso
de tirar borboletas do cabelo, ser cavalo
de uma entidade mulher.

Colecionar matches em aplicativos.
Consumir pornografia no X-videos.
Completar uma legião de seguidores no Instagram do David Brasil.
Destoar de todas as crianças na escola.
Ser coroinha.

Desfilar no carnaval de Bori.
Reivindicar cultura com pink-money, ser estigma de HIV.
Se intoxicar de corante num Doritos Rainbow também.

Desdenhar da Claudia Leite.
Amar.

Dispensar um boy por não querer pagar motel.
Sofrer por medo de solidão.
Lamuriar o afeto do pai.
Ouvir música triste para chorar.
Fetichista.

Disseminar a gola em V.
Comprar canetinhas coloridas.
Tornar memes bordões no dia-a-dia, ser booktuber.
Impulsionar a carreira de uma diva-pop.
Ser educado e produzir design.

Tornar a sunga branca objeto de sex-appeal.
Ibope para programas de culinária na televisão aberta.
Promover o boom na indústria estética para homens.
É coisa de viado fazer listas também
e ganhar prêmios de literatura.

*

Mas fingir estar doente pra acabar com um estoque de 15 anos
de um remédio
definitivamente não se enquadra é coisa de viado.

perguntas para as quais eu não sei as respostas

(De um rapaz que dizia que não se interessava por estudar ou trabalhar)
— E se você se apaixonar por mim? Eu não quero te fazer sofrer.

*

Mas nesses dias de amor diferente,
desses que ninguém entende
o que a gente tem,
só a gente sabe,
só a gente sente
e não adianta aplicar a lei
dus'outros no que constrói a gente.
A gente é o lugar
iguais a nós — ninguém.

*

Duvido
de quem diga
ter sido mais feliz
que a gente
(até que sobreveio
esse terrível diagnóstico).

O mundo podia acabar às 7 e 45
até conversei com quem não me dava,
a praxe dos últimos seis meses,
mas o maldito do mundo não se acabou.

Então, contabilizei duas noites
ensaiando como dizer
para mim
suas respostas,
costurando
fracassadamente
um poema.

Eu não estava pronto para;
enfrentar o que mais zelei,
ser o céu para todas

as suas tempestades,
bagunçar você.

O vento soprou as flores
de buganvílias
e o foco embaçou
o que não era a gente.
Tão felizes, mas
houve esse momento.
Eu quis ser forte,
mas chorei feito
uma criança
abismada como nunca
chorei por ninguém.
Prestes a romper
de mim
o meu outro.

*

Durante uma discussão sobre literatura na semana passada, a vítima, de sessenta e sete anos, argumentou que "a única literatura verdadeira é a prosa". A poesia ainda não encontrou seus anunciantes, não se tornou um evento bissexto de organização mundial com ampla divulgação midiática envolvendo o hino nacional, disputas ou um duelo de beat box que chama a atenção de curiosos. Você quer ter sua dignidade humilhada no palco do Caldeirão para ser lido ou você prefere falar em versos de amor materno na Fátima Bernardes? A argumentação (e não as minhas perguntas) revoltou o ex-professor russo, um amante de poesia, que então esfaqueou o colega até a morte. Ser poeta é pedir para ativar as notificações ou esperar o Luciano Huck se sensibilizar vendo um de nós vendendo bala no sinal.

*

Minha mãe nunca disse: eu te amo.
Mas deixa a luz da varanda acesa quando saio.

*

Sua mão suspendia minha bermuda
prensava minha coxa,
empurrávamos a mesa do professor
até bloquear a porta.

Éramos dois corpos voltados
aos pequenos gestos
melávamos
o chão
o corpo
a cueca
um beijinho de Brâncusi.

Nosso tesão era a brutalidade do mar,
que se agita contra as pedras
anunciando o clímax
de um filme,
retratando
o fim dos tempos.

a bicha que mora em mim

A bicha que mora em mim
sente o start de cada coisa,
destemida, dança sobre o fogo,
faz coreografia na boate,
fura o umbigo, desce no funk
ao meio-dia, no meio do tiroteio.
A bicha que mora em mim
quer ser sua própria diva pop
invocar toda sua ancestralidade
num corpo que destoa, que chora
e dança sem música
como Amy Winehouse
num ritual de oblação.
Crava as unhas nas costas do boy
feito bicho que arranha as paredes
de uma cova para escapar com vida,
o domina com uma cavalgada.
É uma safada, perigosa.
Uma bicha-pão-com-ovo
capaz de seduzir subindo a língua
(ou cortando)
o pescoço de alguém
com uma navalha

feito Madame Satã. Não tem pelos,
mas tem asas de Dzi Croquettes
e um coração querendo afago
procura um amor que não ache graça
das piadas autodepreciativas,
que cheira à Dama da Noite,
transita fácil como água
entre o masculino e o feminino,
atira para o alto, indomável,
é uma bruxa
histérica
insana
pula corda, samba carnaval
e leciona para jovens de favela.
baixa seus santos
pelos cantos
só.
A bicha que mora em mim
brilha onde descansam
todos os imortais.

de segunda pra quinta

Fui largado na terça,
chorei.
Na quarta entrei em luto,
Mas na quinta recebi um abraço.
E nada ficou no lugar.

Me desintoxiquei de você
como quem enfia uma faca
no antebraço
e desce a veia rasgando até o pulso
para tirar o veneno.

Com os remédios do HIV
tive sonhos vívidos de tudo
que não enfrentei na vida:

> tive que esvaziar as gavetas
> embutidas da cama quando minha
> mãe me expulsou de casa.
>
> — É pesado ter sonhos tão reais
> com sua mãe me explicando
> que foi melhor você ter me largado.

Por whatsapp pedi que aquele
abraço amigo de quinta demorasse
um pouco mais
e eu não me importei por toda
aquela gente que assistia
meu abraço de amparo.

Vou me tornar indetectável de
você, do vírus.
Do mundo.

E, talvez, eu ainda lembre dele
com a certeza de que o tempo
passou, que a vida mudou, mas
sem tristeza, apenas seguro de
que ele se fudeu.

perguntas para as quais eu não sei as respostas

— Por que você quer fazer parte deste grupo de pessoas que se consolam, que nessa vida não vão concretizar o seu grande amor?

*

Paguei inúmeras cartomantes para ter notícias,
já que não podia dizer que sentia sua falta.

*

Me sentei por horas
numa poltrona
diante ao sol,
figura só,
produzindo vitamina D
e uma côdea impenetrável de pele.
ciente ao vento peçonha
— Experimento a ruína.

*

Não consigo entender as transformações do mundo
com o bitcoin, porque reconheço alguma coisa
no modo de esconder o pescoço
no movimentar dos ombros
ao sorrir
reconheço apenas uma cópia da minha alegria
em alguns rapazes que encontrei no tinder.

ctrl + alt + w

O pior rejeitado
é o que maquinalmente
utiliza-se dos atalhos do teclado
de sua ex-relação.

*

Não quero ter paciência pra ensinar o certo e o errado pra gente
que nunca foi amada.
— Só pra você deixar de ser otário!

Eu vou fazer a maluca, descompensada e sem remorso,
jogar na sua cara todas as minhas expectativas.
— Pra deixar de ser otário!

Não vou tolerar sua indiferença.
— Deixa de ser otário!

Enfia no cu
seu dinheiro,
avarento.
— Ser otário!

Vou invadir o bar na viatura da empresa,
atropelar qualquer mesa no meu caminho,
quebrar todas as garrafas de cerveja,
acabar com o cover do Katinguelê
ouvir o tilintar dos talheres caindo no chão
só pra repetir inúmeras vezes:
— Otário. Otário. Otário.

perguntas para as quais eu não sei as respostas

— Você sempre se expressa demais?

*

Recolherei todos os papéis da casa
e incendiarei com toda a bagunça que
você deixou depois que se foi.

Quando lembrar do comprovante bancário
que precisava para um processo,
estarei convicto de que
darei um jeito.

*

Banquei pose de resolvido.
Mas não aceitei nada igual
ou inferior a ele.

*

O que adianta ter zelo pelas suas coisas
se quando você usava meu fone o arrastava pelo chão?
Há um acordo não dito do que esperar por quem zelamos.

perguntas para as quais eu não sei as respostas

— Como você não percebeu? (Eu te abraçava de pau duro, pô!)

*

Não havia meio de proteção
preso num tanque d'água
meus traumas
refizeram minhas formas.

Resgatando a memória
encontrei um backup de fotos
que não esperava.

Nosso primeiro encontro,
a ilusão de que nossa vida era boa,
vídeos da maneira como dizia seu nome errado:
rosa preto merecia ouvir não.

perguntas para as quais eu não sei as respostas

— Será que os poetas da 7Letras também colecionam ímãs de geladeira com promoção de botijão de gás?

*

Mais uma vez a tela do meu celular
brilhou numa madrugada qualquer
para anotar as novas formas do meu corpo.
Aguando meus gritos,
sufocando meus gemidos.

Caí de novo na armadilha de me acalmar com suas lembranças.
De como acariciava sua barba no chão da faculdade,
quase uma criança com um livro lúdico de toques e texturas,
descobrindo e fazendo caminhos entre seus pelos. Foi ali
quando disse que te amo, assim meio sem querer
e você ficou mudo. Repeli
meu-olhar-como-lados-iguais-de-um-imã.
Houve tumulto de angústia
naquele mesmo prédio frio e cheio de burocracia:
- Eu te amo em ato falho.

Mesmo desconversando, ainda ficou
entre a gente um silêncio de quem ouviu o que foi dito.
Aí, certas lembranças nem aguadas merecem ser tocadas.

*

talvez eu tenha te convencido a me amar.

perguntas para as quais eu não sei as respostas

— Será que uma pessoa com HIV namoraria você?

poema tirado de uma conversa de whatsapp

Eu acho que tem uma fronteira entre vocês, tem um silêncio, né? Que está interrompendo você de sei lá! Não é de prosseguir, é de ter uma paz. Tá te inquietando. Tá mal definido. Tá digamos assim, mal-acabado. Eu acho que vocês precisam, sim, conversar. Acho que vocês precisam sentar, acho que precisam ser mais nítidos um com o outro e dizer o que não foi dito, de agregar o que não foi agregado ou de continuar o que naquele momento não podia ser continuado ou de encerrar o que não foi encerrado. Vocês precisam desenvolver um ciclo que está em aberto para finalização ou continuação. Você está sofrendo pra caramba com esse vácuo, né? Com esse espaço vazio. Tem uma lacuna que está te incomodando muito. E acho que está te incomodando mais do que ele, né? Ele não se incomoda tanto. Porque talvez já esteja muito claro para ele. Na cabeça dele. Na concepção dele de relacionamento. Mas acho que pra você não tá. Então, assim, se um dos dois consegue, consegue sentir, consegue sentir essa consciência de resposta de resultados, tem alguma coisa pra resolver, tendeu? Acho que vocês precisam, sei lá, se olharem nos olhos mesmo...

dizer, escutar e falar.

Não sei, acho que é isso.

Sabe quando alguém morre e a gente fica triste de muita saudade e ainda fica esperando na porta a entrada daquele que já se foi? Aí tem gente que surta e outras não.

— Eu surtei, né?

Você está lá na salinha esperando que ele ainda abra a porta e diga um "olá". Mas quem pode julgar, não é mesmo?

*

Quero a estranheza de olhar com repulsa quem um dia quis
muito, quis muito.
Quis muito.

*

Girei como Bethânia para tirar você de mim
minha avó me perguntou se o batuque
— qu'eu fazia com as mãos —
era de capoeira.
Disse que sim, mas eu fui
é na macumba.

Pra tirar você de mim
girei com o tambor,
me acorrentei de novo ao tempo
e prometi deixar tudo de ruim ali
pisando sobre toda a mágoa que você me deixou.
miolo de pão aguado pipoca pólvora
Bati palma, girei no batuque e de você
nada restou.

Minha avó evangélica me
recriminaria,
mas meu povo de branco
só tem amor por mim.

*

Da ruína sempre há uma vida que pulsa mesmo que parasita.

*

Assumo, matei um português.
Em tua lápide lamentei:
— Eu te amei muito.
Nunca disse, como você
também não disse,
mas acho que você soube.

Em vida te apontei o dedo
por sua frieza, indiferença,
mas nem te ameaço,
amedronto qualquer europeu
com meu atabaque,
chuto o pau da barraca.

E como um bom brasileiro,
que não entende nada de história,
culpei seus ancestrais pelas riquezas roubadas
e anos de glória.

Portugueses até lidam bem
com traumas, regras, métricas, cânticos,
mas não tateiam a melodia do meu samba.

Meus rodopios de negra baiana;
favelado poeta viado porta-bandeira
que não precisa de licença
para entrar no Céu.

Hoje digo:
— Siga em paz,
Herberto Helder.
Embora eu nunca
tenha te desejado isso.

*

Deus é a dor que a gente acostuma.

uma bicha do caralho

O Ray Ban tigrado
contra o sol que
combina com a camisa
entreaberta
no espaço de botões
que exibem
seus pelos no peito.
O cabelo que cresceu
lindo cheio de camadas,
a barba não mais
com suas falhas.

Suas asas, amor,
quem deu fui eu.
Eu repagino, preencho
buracos, ensino o eco do amor,
dou credibilidade a todo
o seu potencial, enxergo
todas as suas cores, faço incendiar
qualquer universo e ainda
limpo sua sobrancelha.

Um legítimo
marqueteiro do PT
me faço muito do interessante
por pouco. Articulo
a seu favor
projeto a harmonia
de qualquer som,
construo quantos der
na telha,
mas você não recria
um Bruno Couto,
não.
— Nem fudendo.

perguntas para as quais eu não sei as respostas

— Que tipo de homem eu seria se eu te abandonasse quando você mais precisasse de mim?

eu vou derrubar a lua

Como o tráfico tem uma boca
numa estação de trem.
Uma pipa corta outra tão rápido
Como um tiro derruba um corpo.
Uma mãe de branco desfaz um ebó.

Havia uma previsão da sua mãe de santo
de que você conheceria
um homem que estava fora do país

Havia, também, uma previsão do meu amigo
que joga tarot e que recentemente abriu um centro de macumba
de que eu conheceria o homem da minha vida.

Eu, particularmente, acreditei sem questionar
acredito muito em destino, em aleatoriedades,
mas, precisamente, acreditei em tudo em você.

A lua encheu a maré do meu poço
décimo oitavo arcano maior
copo de água no canto do basculante
THE MOOM.

Os cachorros uivaram,
ninguém sorriu pra mim latindo.
Ele seguiu em frente, sacrificou os peões
eu não arrisquei meu cavalo.
Eu vou quebrar esse espelho com uma marreta
minha mão vai sangrar.

Eu serei um rei, minhas costas doem,
também me perdi nos sonhos, mas controlo
a psicanálise do morro.

E como esses marginais primitivos
que carregam um cordão de ouro no pescoço,
te carregarei comigo, imporei respeito no morro.
Tatuarei seu nome no meu antebraço.

Verei seu corpo com indiferença no chão,
em plano sequência, caminharei
entre os mototáxis
na passarela da Avenida Brasil
deslizando sem som
do grito:
— CHIP DA TIM!

Tudo que é para o além do caótico
é o silêncio do sol de quarenta graus,
sem nuvens
no Rio de Janeiro.

*

O oposto de rancor é saudade.

(sussurre esses versos)

Eu nunca te enfrentei por medo,

me arrependo por todas as vezes que chorei

ou demonstrei ser fraco

na sua frente.

(não quis te ouvir, de fato, um covarde)

Porque de alguma maneira eu sabia que iria escutar coisas como:

— Sinto que jamais nos reaproximaremos. Me lembrarei da sua inteligência, seu caráter forte. Te desejo sucesso e que seja um homem maravilhoso, você é fantástico, engraçado, boa pessoa e um grande ser humano, e sinto que não teremos mais volta.

E eu não quis ouvir isso, porque sei que sou engraçado e sei também que sou um homem maravilhoso, mas eu queria — como nos filmes — que você me pegasse pelas mãos e me levasse pra longe, através do rasgo suntuoso de um acorde de harpa, que fôssemos contramão de tudo.

Eu fui pra você o melhor homem que nunca fui a ninguém.

*

Deixamos de fuder porque tu não era homem nem pra comprar camisinha.

BUSCADOR. Inquietação, movimento tóxico individual de busca de informações públicas habitadas ilusoriamente por "nós dois", no intuito do sujeito apaixonado ainda se ver presente no cotidiano do outro. Impulsão do "meu desejo" de perseguir o outro ciente que o caminho seguido nunca proporcionará afago. Da sala virtual são retirados textos, informações e fotos descontextualizas a fim apenas de ferir o sujeito enamorado. Um impulsivo ato intenso em que a causa é a dor.

O informante é uma personagem que, para o bem ou mal, traz ao sujeito enamorado notícias do ser amado. Posto isso, não há equívocos ao afirmar que o receptor dessas informações tende a uma dor latente de não pertencimento da vida do outro. Visto que cabe ao sujeito amado sofrer o amargo luto da falta. Ainda que com a criação de um plano virtual, a figura do terceiro já não se faz necessária. Para se compreender essa persona é preciso estar atento ao advento do mundo virtual. O Buscador não espera mais de ninguém tornar real sua melancolia, o apaixonado é um autônomo de seu próprio desgosto.

1. Meu primeiro namorado morreu aos dezenove anos num desastre. Quem me conhece sabe dessa história. Eu tinha

dezesseis anos e nosso relacionamento não foi nem um pouco problemático. A primeira vez que eu amei alguém e fui amada de volta, e isso foi primordial para mim apesar de tudo. Digo apesar de tudo porque não foi um amor natural. Construímos nossas projeções sobre o outro, adequamos o que foi necessário. Mas o que se sucedeu após essa ruptura foi um sentimento que nunca soube como precisar. Tudo me afastava deles (os outros que vieram após), eram todos insuficientes. O desafio que é amar alguém real com problemas e falhas. Porque não é fácil, não é nada fácil recomeçar depois, mas eu só sabia esperar da minha projeção, o que tornava tudo ainda mais difícil. Repito: tudo o que veio depois dele era raso e amar da maneira que posso é perigoso demais. O que é ter um amor como o meu? Os outros deveriam saber como é ter alguém que te ame tanto, isso é muita responsabilidade. Eu preciso sempre dizer aos terceiros sobre o amor que tenho. Se ele sonhasse um dia ser advogado do MST, eu seria aquela pessoa capaz de abandonar a vida da cidade grande para letrar crianças num assentamento sem-terra, só para soltar coisas safadinhas de vez em quando (me reduzir para engrandecer depois). É preciso lidar com a decepção, repito e repito todos os dias, mas eu não sei lidar. Lidar com o medo de não estar nem perto do que o outro imagina da gente. Esse ciclo todo de imaginar é muito natural, sabe? Mas a gente tem sempre que se perguntar: eu amo essa pessoa ou a ideia que fiz dela? O que vai acontecer se essa pessoa tiver a quilômetros de distância de quem eu penso que ela seja? O que a gente tá dando pra alguém só pela certeza de que a conhecemos?

O desastre sou eu

o desastre sou eu

sou eu o desastre,

meu amor.

Não dá pra afastar a projeção, eu acho, criar expectativas sobre o outro é natural. A gente só precisa cuidar pra saber se as coisas boas e principalmente as ruins estão vindo do outro ou da gente. Adolescentes namorando numa sala de aula já não me diz nada. É um processo, como praticamente tudo na vida, por isso, eu tenho um certo apego aos meus fins porque é deles que tiro quem eu preciso ser depois. Ninguém vai entender que as decisões que eu tomei até aqui, eu queria ter conversado com ele antes. Todos os meus aniversários... era o seu lugar vago (ao meu lado) que provocava dor. Diante disso, me reclusei até amar o desastre que sou. Eu não sei quando estarei disposta a ir fundo novamente.

2. Há uns meses conheci um coroa no UOL. O papo foi bom, com putaria, nudes e vídeo com rosto. Quando ele veio até minha casa, trouxe uma garrafa de vinho. Massa! Só que assim que ele chegou, NÃO me curtiu, talvez meu cabelo não o tenha agradado, minhas unhas por fazer ou meu cheiro não lhe disse nada. Resumindo: ficou BEM sem graça, deixou a garrafa pra mim e foi embora. A partir dali me tornei um looping de canções tristes, não de Marilia Mendonça, Luana Prado, Nayara Azevedo, essas cantoras que têm veladas em si tudo de ruim dos brasileiros, mas

eu tava repetindo para mim "Mas vá embora antes que a dor machuque mais meu coração, antes que eu morra me humilhando de paixão, e me ajoelhe te implorando pra ficar comigo", até que rasguei os bichos dentro de mim com a Letrux. Eu estou aos prantos, quem não? Descobri que meu ex tatuou um lobo solitário no braço direito, a gente terminou e eu não estava presente quando ele decidiu fazer sua primeira tatuagem. Também descobri no instagram que virou vegano, depois que passou para o doutorado em Houston não o reconheci mais, mas doeu não fazer mais parte da sua vida, continua doendo as decisões que ele toma sem precisar de mim (suspiro). Dói porque ele seguiu e eu não. Não tenho sentimento de amor porque faz muito tempo nosso término, mas dói porque o nosso corpo busca motivos para sentir dor. Repetiu na playlist: "A dor é minha, eu me aguento pode crer". Depois que Joaquim perdeu o medo da morte, tentei me conhecer no abraço vazio de qualquer carinho morno. Me afundando em mágoas que nunca foram ditas, e, também, nunca perguntadas. Cercada de presenças que cortam, que me fazem chorar. Repetia de si para si: meu amor a aprisiona, meu impulso é por afeto. Um pingo d'água de cinco em cinco segundos na sua testa, intensificando cada eco, confundindo meus sentidos, o ruído de uma queda, um tambor sendo golpeado, tortura. Desde que você se foi, me pego chorando, imaginando como teria sido diferente. Um carro desgovernado na calçada já não me diz nada. Hoje termino esse vinho.

3. Amanhã é aniversário do primeiro amor da minha vida,

me apaixonei por ele aos doze anos, quando comecei a me dedicar pela escrita, escrevi toda nossa história de amor no caderno velho Tilibra de receitas que ficava na cozinha. Toda a mise en place estava exposta para o momento certo. O amor foi tudo, hoje não é nada, recortei do Complexo Melancólico. Todos os meus conhecidos foram unânimes: eu precisava parar. O último rapaz que me abordou disse que não sabia se eu daria conta dele. Tive que responder assim bem atravessado mesmo: "o meu trabalho é dar conta de mim, o seu é me exaltar, entre esses dois atos não é minha responsabilidade". Eu me tornei um sentimento de força. Eu acho que há uma confusão muito comum entre desencontro e abandono. Por exemplo, se um casal não tem mais conversa, comunicação, diálogo. Não se olha mais nos olhos. Isso é claramente um desencontro, buscar as respostas do outro no olhar e encontrar um grande vazio sem significado algum, desencontro, desencontro, desencontro. Agora, abandono, *my dear*, abandono tem uma suspenção, um corte brusco é a maior aliada da liberdade. E a liberdade não é um sentimento bom, não é bom ser vulnerável ao outro, mesmo nossa essência que é moldada por nosso livre arbítrio. E digo sem medo, liberdade é ser refém de gostos coletivos. Na minha última relação, tirei todos os meus livros da nossa estante. Deixei para trás os buracos entre os livros. A presença da minha ausência vai doer. Todos os alimentos de minha *mise en place* eram frescos, de produtores regionais e conhecidos. Mas os estragos da indústria alimentícia normalizaram o sabor artificial, e todo homem casado com três filhos desaprendeu o sabor das coisas. Eu nunca busquei, mas sempre provoquei o conflito, a rejeição muito nova me fez questionar demais se o amor era para todos. Em outro encontro, agora aos dezessete, escutei do rapaz que sempre gostei q'eu não tinha muito a oferecer, que nem bonita para ser beijada na frente dos outros eu era. Num terceiro momento, já mulher feita, recusei quem sempre amei. Nunca foi segredo para ele que o queria ao meu lado desde a infância. Mas já não era mais interessante estar com um homem que começava a ficar careca, tinha problemas alcóolicos e, principalmente, não enxergou em mim nada além de uma menina feia. Eu sempre vou atormentar porque nunca me perguntaram como eu me sinto. Me casei com J., seu melhor amigo. E agora deixo minha presença em "likes" de quem me quer desconhecer. Estive presente em cada stories do instagram apenas no intuito de provocar quem me quer. Eu sou um tormento (O que tem como efeito paralisar ou desabilitar todo conforto). Estou presente como remorso, se Teresa todos os dias está lutando contra suas Erínias, sozinha personifico como ninguém inúmeras. Uma Gradiva má, um objeto de guerra. Um artefato de ataque. Uma acedia, a bile negra. Mas, sobretudo, me convenceram de que deixar minha presença em "likes" não era legal, que eu tinha que parar, porque até provocar o outro pode ser visto como amar. O amor é a manutenção de um recorte que não pode ter ocorrido. Eu voltei para as coisas que eu deixei. Tudo que sou é uma conversa contida, não feita. Eu sou atos de briga que não tive. Eu só desejo continuar inteira, eu não me entrego mais, eu me protejo. Eu ataco.

*

Vou dizer que meus poemas são biográficos pelos aplausos
ou se eu quiser te pegar.

*

Vejo nas sobras
de uma especulação imobiliária
a possibilidade de uma vida plena
com cada coisa em seu lugar.
Móveis que ornam entre o piso e o sofá.
(teríamos criado plantas na janela
e uma máquina de lavar Brastemp cereja)
na rua Conde de Bonfim, 557
Tijuca, sobre a Loja A (Parmê)
Deduzo que seja terceiro andar,
RJ - Rio de Janeiro.

*

ainda escuto nossa música no spotify.

(farei um coral para que me entenda)

Eu nunca vou te perdoar por ter apontado o dedo pra mim e dizer que eu não tinha moral para dizer qualquer coisa.

— Parceiro, cuide de quem te dá amor

Eu nunca vou te perdoar por ter deixado sua mãe me fazer estender a roupa da sua família sem ajuda.

— Parceiro, cuide de quem te dá amor

Eu nunca vou te perdoar por ter terminado comigo por whatsapp.

— Parceiro, cuide de quem te dá amor

Eu nunca vou te perdoar por ter ido de má vontade ao médico quando acordei vermelho, alérgico ao que não compreendia.

— Parceiro, cuide de quem te dá amor

Eu nunca vou te perdoar por ter entregado minhas coisas a uma pessoa que nunca vi na vida.

— Parceiro, cuide de quem te dá amor

Eu nunca vou te perdoar por ter dito que me amava e no dia seguinte ter dito a sua cunhada que você só falou um monte de merda.

— Parceiro, cuide de quem te dá amor

Eu nunca vou te perdoar por ter tentado se aproximar dizendo que só tinha voltado a falar comigo porque um amigo aleatório seu achou um absurdo a maneira como você agiu sobre tudo.

— Parceiro, cuide de quem te dá amor

*

Desde que você se foi, me pego lamuriando ou imaginando como teria sido diferente.

*

O instagram do cachorro que tínhamos juntos, que tive que fazer uma entrevista, que adotei com meu CPF, hoje faz declarações de amor para uma mãe que não sou eu.

*

Os amigos guardam o quanto você se machucou e não o quanto foi amado.

e daí?

E daí se seu pai está morto?
seu avô, seus amigos,
a Deise do Karokê, todo
o Bar do Cebinho
quem ama e não entende
o porquê?
— você, e daí?

E daí? Se você perdeu
seus benefícios sociais.
Se você quebra
a quarentena pra madrugar
numa fila para ter o que comer,
E-DA-Í-?

E daí que você se chama Gloria,
que a milícia manda abrir tudo agora,
E daí se tiver que ir e
se não tiver que servir,
e daí?

E daí se você não juntou
o necessário.

E daí se você não entende
o necessário.
E daí se você está brigando
com adversários.

E daí que botam você pra pedir de joelhos
e daí você chora (e não namora)
na TV para conseguir um emprego?
E daí se implora?!
Te colocam em risco,
em ônibus lotado ou
na rua movimentada,
em supermercado fechado.

E daí se não tem máscara.
E daí se a morte está pronta
se você é dois três seis, e daí?
Se você não tem água
para lavar a mão e
levar você ou
alguém que você ama.

— Meu nome é Messias,
mas não rezo pelo milagre.

*

O balanço dos nossos gostos comuns sempre foi positivo.

*

Vasculhei seu sobrenome na internet.
Encontrei seus versos adolescentes,
suas fotos com seu poodle,
seus sonhos,
medo
e o vestibular que você não passou.
Depois de mil peripécias,
eu, herói da Paramount, exausto
vejo sua foto no whatsapp
lembro de tudo que quis
e não foi.
E reafirmo:
(enquanto te deleto)
— Não sou obrigado.

■ primeira edição
■ junho de 2022